자유시간_끄적끄적

NOTEBOOK

자유시간_끄적끄적

LUMELA

좋은땅

여
는

글

기분이 멜랑꼴리 할 때마다 글을 쓰기 시작했어요

가끔 숨이 막힐 때가 있잖아요

어딘가 숨고 싶을 때

무언가 우울해질 때

나 홀로 인생이 외로울 때

행복한 순간을 저장하고 싶을 때

책상 깊숙이 숨겨놓은 일기장을 꺼내 끄적끄적하다 보면 마치 커다란 나무에 기대어 위로를 받는 기분이었죠

그러다 참 이상한 마음이 들기 시작했어요 꼭 나의 상상 속 나무가 살아 숨 쉬는 것 같아, 역으로 나의 멜랑꼴리는 점점 커져만 갔어요

알 수 없는 감정에 욕심이 생기기 시작하면서 좀 더 진지하게 글을 쓰다 여기까지 오게 되었네요

그리하여 완성된 나의 오랜 멜랑꼴리 일기장 '자유시간 끄적끄적'

제가 조금 부끄러움이 많아서요 조용히 서점에 숨겨놓을 테니

아무에게도 들키지 말고 몰래 읽어주세요-!

베스트셀러 코너에 올려놓아 주신다면 제가 많이 사랑할게요

　그럼 다소 오글거리는 나의 오춘기 일기, 열람하러 가실까요-?

목차

가을이 가득한 겨울

🍀 나 홀로 봄에 🌳

🍋 민지는 시집을 좋아해 🍋

" 먼 친구 얌냉이 "

♡ 영원한 여름 ♡

가을이 가득한 겨울

스쳐 지나가는 바람

이루 다 말하지 않아도
모든 날이 좋았던 것을
스쳐 지나가는 바람이었대도
그 오롯한 선선함을 어떻게 잊으리

말투가 참 거슬리는 사람

말투가 참 거슬리는 사람이 있었다. 별로구나 생각하며 그러려니 했다. 자주 마주치게 되었을 땐 조금 고쳐주고 싶었다. 그러다 진심이 통하고 말았을 때, 그 거슬리고 딱딱한 말투 속에는 전혀 예상할 수 없던 것들이 존재했다. 그것은 잔망스럽기도 하고 여리기도 하였으며 진중하기도 했고 심지어 섹시하기도 했다. 그는 거친 순수함이었다.

하지만 내 것이 아니기에 그냥 그러려니 잠가둔 기억이지만 가끔, 아주 가끔 그 말투는 내 머릿속에서 맴돌다 사라진다. 마치 씻지 않은 나에게 잠깐 맴돌다 사라지는 파리처럼 말이다. 그럴 때는 그냥 도망가게 내버려두지 않고 그것을 잡아 똑같이 따라 해본다.

그렇게 너를 아직 씻어내지 못한 시절, 나는 사람들 앞에서 대놓고 너를 추억하고 눈치채지 못하는 사람들 속에서 환하게 아주 환하게 웃으며 떠들어댄다. 더 이상 몰래 너를 그리워하지 않는다.

가끔, 아주 가끔이다.

너의 말투를 꺼내 대놓고 너를 생각하고 너와 함께했던 그 웃음을 아주 환하게 지어볼 뿐이다.

사랑은 타이밍이 정말이다

사랑하는 여자가 생기면 초싸이언 마력이 상승하는 남자,
그러다 식으면 검은 머리 손오공이 되어버리는 남자
사랑을 받으면 받을수록 엄청난 매력이 상승하는 여자,
그러다 사랑을 느끼지 못하면 떠나버리는 여자

여자님, 그러지 말고 영원토록 매력을 뿜어주세요
남자님, 그러지 말고 평생 초싸이언으로 남아주세요

두 사람 모두 그러다의 고비를 잘 이겨내야 할 텐데…
그 타이밍이 참 어렵단 말이지!

결국 사랑은 타이밍이 정말이다

편하고, 고요한 비가 내리는 밤

스쳤던 폭풍우가 그렇게 지나가고
편하디 편한
잔잔하고 고요한
저녁비가 내립니다

폭풍우 같은 나의 마음 내려놓고
참 맑고 촉촉한
조용하고 따듯한
겨울비를 바라봅니다

가끔은 정리되지 않은 채로
모든 걸 내버려두고
낡은 엘피 한 장 꺼내어
비처럼 음악처럼 들어봅니다

편하고, 고요한 비가 내리는 밤

그날의 산책

그날의 산책은 마치
어린아이가 어느 별에 초대받아
신나게 여행을 하는 기분이었지
너무도 익숙한 모든 것들이었지만 말야

그때는 그랬어

오늘따라 유난히 새롭게 느껴지는 나의 익숙한 산책길을 걸으며

가을 등산

늦게 찾아간 가을 산은

떨어진 지 오래돼 보이는 낙엽들과

바위 밑에는 고드름이

나무에는 상고대가 피어 있었다

어쩌다 보니 올해는

조금 이른 겨울 등산에 다녀오게 되었다

예상하지 못한 풍경에

소리 없는 야호를 품어본다

조금만 더 일찍 올 걸 그랬나 보다

작년 가을 등산에서 만났던

빨갛고 노오란 단풍, 참 예뻤었는데

2020년 민지가 2021년 민지에게

안녕 민지야

나는 요즘 기분이 싱숭생숭해

드디어 내 나이 앞자리 수가 2에서 3으로 바뀌었잖아

다들 나이는 숫자일 뿐이다, 그래도 어리다,

20대나 30대나 별반 차이 없다고들 할 때

나 또한 겉으로는 똑같이 대답했지만

사실 속마음은 그렇지 않았어

마치 엄청 추운 겨울날

달랑 티셔츠와 반바지 차림인데

주위를 둘러보니 축구공 하나 덜렁 있는 허허벌판에

나 홀로 서 있는 그런 기분이랄까

1년 동안 하나님과 친해져서

주님이 날씨도 따듯하게 해주시고

축구를 할 수 있게 나보다 약한 적군과

나와 평생 함께할 수 있는 선한 아군을 사귀게 해주시고

맘껏 뛰놀 수 있는 전신 갑주 유니폼도 주셨으면 좋겠다!

그리하여 지금 이 편지를 읽는 스른한 살 민지는

시간 속에 갇혀 좌절하는 민지가 아니라

공간 속에 마음껏 꿈을 그리는 민지가 되는 거야!

그리고 민지야

늘 거침없이 다뤄서 미안해

그동안 참 밝게 웃으면서

뒤에서 눈물 훔치느라 많이 힘들었지?

그래도 그 수많은 눈물 하나님이 다 닦아주셨잖아

앞으로는 아직도 뒤에서 울고 있는 아픈 사람들

주님의 지혜로 닦아주는 민지 손수건이 되자!

"민지를 통해서 주님을 만날 수 있도록"

그러려면 아직 한~참 멀었지만

할 수 있어 민지야!

너는 아주 자랑스러운 하나님의 자녀니까

젤루다가 사랑해 이민지♡

빨간 신발을 신은 하리보

집에 굴러다니는 하리보를 뜯었다
알록달록 하리보들이 우두두두
주섬주섬 하나둘 집어 질겅질겅

어느새 하나 남은 하리보가 살짝 특별하다
빨간 페인트 통에 발이 빠진 초록색 하리보

신발을 신고 있는 하리보를 상상한다
빨간색 신발을 신고 열심히 달리는 하리보
두다다닷다닷다다닷~~~~~
.

.

.

텅 비어버린 껍질을 멍하니 바라보다,
꾸깃꾸깃 접어 서랍 구석탱이에
고이 넣어 두었다

벗

우리는 서로에게
좋은 친구였을까
나쁜 친구였을까

뭣이 중헌디
벗인디

서로가 서로에게
시시콜콜,
시시껄렁,

그게 우린디
벗인디

어느덧 9월, 가을이 왔어요

어느덧 9월 찰나의 뚜렷함, 가을이 왔어요
가을이와 함께 오랜만에 아픈 몸도 찾아왔어요

할 게 투성인데 눈치 없는 이 몸뚱어리는
아무것도 하지 못하게 왜 이리도 성을 낸대요

못난 마음을 계속 품고 있던 걸 들킨 건가
감사히도 요즘 얼마나 못났는지
되돌아보게 되네요 자꾸만 되뇌어 보네요

찰나의 뚜렷한 가을
그런 가을처럼 아픈 몸도 빠르게 지나가겠지요

분명 아픈 몸이 찾아왔는데
왜 마음이 아프려고 그러는 건지

아릿한 기억도 텅 빈 시간만 닿는다면

자연히 흐려지는 게 당연하듯이

열심히 연고를 발라야겠어요

매년 찾아오는 가을이 아닌 그 아릿했던 기억이

자연히 흐려지도록 흐려지다 사라지도록

열심히 반창고를 붙여야겠어요

아이보리 밤하늘엔 진주와 보석이 가득해

티비를 끄고 소파에 정자세로 누웠어

때 탄 아이보리 천장을 멍하니 바라봐

거실 형광등 유리 너머로

영원한 잠을 자고 있는 벌레

안타깝지 않아 생명이어도

벌레는 너무 무서워 살아있지 마

그리고 나는 이대로 눈을 감아

벌레 없는 모기도 없는 가을밤에 누워있어

시골인 듯해 시골향이 내 코를 미소 짓게 해

내 차인 듯해 천장 위에 담요를 깔고 누워있어

덩그러니 나 혼자인 듯해

그리고 나는 살며시 눈을 떠

까만 밤이야 가을 밤하늘엔

반짝반짝 보석이 가득해

아닌가

까만 바닷속에 진주가 가득해
진주는 조개가 품은 아픔이래

이곳은 혹시 까만 마음속일까
누구의 마음속일까 나일까, 너일까

아니야
혼자가 아니야 바다와 하늘이야

둘이야
그리고 그것은 하나야

나는 진짜로 눈을 떠

아이보리로 가득해
비스듬히 유리창 너머로
어렴풋이 반짝 하나, 달만 덩그러니
별들은 어디로 갔을까

화려한 별들은 사실 서울을 싫어해

서울은 우리를 좋아해

근데 나는 서울도 아니고 별도 아니야

나는 보석도 아니고 진주도 아니야

그럼 너는 뭔데?

나는 현실이야

돌아오는 주말에 형광등 청소도 하고

어지러운 집도 치우고

뭐 그저 그런 평범한 하루지 뭐

나
홀
로
봄
에

서른이 된 나에게 보내는 생일 편지

TO: 민지의 서른

뭐 귀한 거라고
소복이 차곡차곡 담아온 어린 먼지들이
알록달록 참 예쁘게도 변해갈 때마다
나는 동산 너머 뜨는 해를 볼 수 있었고
까만 밤, 반짝이는 별이
무수한 해임을 알 수 있었다

나와 닮은 유난을 나는 싫어하지만
그 긴 유난의 길 끝에
그토록 찾던 나의 무난을 맞이했을 때
얼마나 기쁘게 울어댔는지 모른다

이제는 자유롭게 훨훨 털고 툭툭 날아

여리디여린 소녀에서

어엿하고 근사한 여인으로 나아가길 바라며

잘 견뎠다고 토닥,

다시 시작이라고 토닥!

마이웨이 비틀즈

외로운 봄이여 내 님은 어디에

벗들도 가족도 내 마음 아니 몰라

향긋한 꽃내음 나에겐 시들해

인생은 이렇게 나 홀로

비틀비틀 비틀~즈

마이웨이워이워이~워우워~~

비틀즈를 씹으며…

밤마실에 파워워킹을 하며

그 아무나 쉽게 평가할 수 있는 허술한 내 인생이지만
그 누구도 지켜줄 수 없는 소중한 내 인생이니까
무너지지 말자
빠샤!
아자짜!

이민지는
할 수 있다!
할 수 있다!
할 수 있다!

귀한 찬양 공유합니다

지난 주일 예배를 드리고 나오는데 친구가 예배시간에 부른 찬양이 너무 좋았다고 또 듣고 싶다며 제목이 뭐냐고 물었다. 나는 그렇게 목놓아 불러 놓고는 사실 그날 처음 들어본 찬양이라 잘 모르겠다고 대답했다. 친구 모르게 뒤통수를 긁었다. 조금 샤이하고 민망한 순간이었다···

집에 도착하자마자 바로 찬양을 찾아본 뒤 다음에 만나면 알려줘야겠다 생각했다. 하지만 그럴 리가 있나 새까맣게 까먹고는 나는 또 열심히 내 삶에 최선을 다했지 뭐.

오늘 다시 만난 그 친구는 나를 보자마자 쪼르르 달려와 그때 부른 찬양이 뭔지 알아냈다며 되려 나에게 알려주었다. 집으로 돌아오는 길에 나는 멜론을 꺼내 한 곡 반복 재생을 눌러놓고 펑펑 울었다.

결국 모든 일은 다 하나님이 하신다.
내가 할 수 있는 건 고작 뒤통수 긁는 것뿐이다.

#찬양추천
#밤이나_낮이나

나의 오렌지 별

2년 전이었지. 너를 처음 발견했을 때가. 초여름, 땀이 날랑 말랑 하는 까만 밤이었는데 미세하게 반짝이는 별들 사이에 아주 찐한 오렌지 별이 있는 거야! 도대체 무슨 별이길래 색도 예쁘고 유난히 빛이 나는 걸까? 너는 아주 매혹적인 자태로 나의 호기심을 자극시켰어. 근데 글쎄 네가 그 유명한 화성이라는 거야! 그래서 우리 동네 공원에 옹기종기 모여있는 터줏대감 꼬맹이들한테 너의 존재를 알려주었지.

"얘들아, 저 오렌지 별이 뭔 줄 알아? 저게 바로 화성이라는 거야!"

나는 터줏대감 꼬맹이들에게 어른의 포스를 한껏 뽐내며 주름 잡았는데,

"아줌마~ 뻥치지 마세요-"

그 꼬맹이들은 더 큰 콧방귀를 뀌며 나를 무시하는 거야! 그래서 잠시 주춤했어. 네가 진짜 화성이 아니면 어쩌지… 난 이대로 결혼도 못 해보고 올드미스 허풍쟁이가 되고 마는 건가… 울적한 심정으로 고민을 하며 공원 한 바퀴를 돌고 다시 돌아온 그때!

"야~~ 저거 화성이래, 화성!!!"

아니 글쎄 아까 만난 그 터줏대감들이 다른 꼬맹이들에게 너의 존재를 알려주면서 너무 즐거워하는 거야. 그 모습이 어쩜 그리 귀엽던

지 나도 이제 늙었구나 싶었어. 화성아! 너는 그렇게 우리 동네 최고 인싸가 되었었지.

근데 어찌 된 게 작년엔 너를 한 번도 보지 못했어. 그래서 다른 꼬맹이들에게 너의 존재를 알려 주지도 못했고 너를 보며 너의 밝은 기운을 받으며 기분 좋게 하루를 마무리했었는데 작년엔 네가 없어 어둡디 어두운 밤을 혼자 외롭게 지새웠지.

너는 어디로 간 걸까

내가 싫어서 옆 동네 공원으로 가버린 걸까

나는 네가 너무 좋은데…

나의 하나뿐인 오렌지 별, 최고로 멋진 별, 미안하고 애달픈 나의 오렌지 별….

영원한 건 없다더니 평생일 거 같던 네가 사라지니 많이 슬펐어. 그리고 아주 많이 아팠어.

그래도 안 좋은 것만 있진 않았어. 슬픔 속에 피어나는 성숙을 알게 되고 물렁물렁한 속 위로 단단한 껍질의 감싸짐을 견디면서 조금은 달라지는 나의 얼굴에 피어나는 미소가 어색하지만 예뻐 보였어. 이 모든 것이 화성이란 네가 만들어준 기적이야! 이제는 네가 없어도 나는 즐거이 하루를 마무리 할 수 있게 되었지.

그러던 어느 날, 네가 다시 그 자리에 나의 공원에 찾아온 거야!
너무 반가워서 눈물이 핑 돌았어.

화성아 보고 싶었어- 아주 많이 그리웠어
하지만 너는 이제 나의 별은 아니란다.
나는 더 이상 네가 없이도 반짝 피어날 수 있게 됐거든
잘 가 화성아! 다시 만나 정말 반가웠어
너무 고맙고 예뻤고 아름다웠던
나의 오렌지 별….

안녕!

완숙과 반숙

어째 좀 잔잔하다 싶었더니

다시금 휘몰아치는 감정의 폭풍이 거세지는 밤

어째 좀 어른이 되어가나 싶었더니

어린 나의 모습을 잘 숨기고 있었던 거더라

언제쯤이어야 튼튼한 완숙이 되려나

반숙은 싫은데

너무 약해 보이잖아

언제부터인가 동그란 현실에서는 나를 감추고

네모난 이곳에서만 솔직해지는 것 같다

실은 이곳에선 멋진 모습만을 보여줘야 하는데 말야!

이것 또한 지나가리란 걸 너무나도 잘 알지만

아직 지나가지 않았으니

에라이

많이 아프고 계속 부서지련다

고뇌하고 정통으로 맞으련다

아직 모르는 거다

나는 어느 길로 지나갈런지!

향수의 향연

하늘엔 구름 두엇 점이

맑음과 쓰라림이 가지런히

향수의 향연은 잠시 스쳐가고

고마움과 보고픔은 오래 머물지니

외할머니를 보내드리고 돌아가는 버스 안에서 우리는 온통 산으로 둘러싸여 있는 구례를 바라보며 각자의 시간을 보내고 있었다. 그때의 하늘이 굉장히 맑았고 구름은 딱 두엇 점만 두둥실 떠있었다. 모두가 외할머니를 생각하는 시간- 그 소중한 시간을 글로 오랫동안 기억하고 싶었다.

연두색 해바라기

유난히 추웠던 그해 겨울을 견디고 겨우 넘어온 반가운 봄이었다. 열 평 남짓한 밭에 열심히 농사를 짓고 있는데 부스럭부스럭 짐승 하나가 기웃거린다. 경계심 반 호기심 반으로 조심스레 다가가 자세히 들여다보니 고놈 참 반듯하고 잘생겼다. 명랑하고 의젓한 폼이 새끼 호랑이인가 싶었더니 훤칠하고 도도해 보이는 것이 한 번도 본 적이 없는 용의 기운도 느껴진다. 어디 갈 곳이 없어 보여 데려다 정성껏 보살펴 주었는데 녀석은 내가 마음에 들었는지 나를 지켜주겠다고 주위를 맴돌며 낑낑댔고, 후에 나에게 달려와 칭찬을 해달라는 건지 간식을 달라는 건지 자꾸만 나를 보며 활짝 웃어댔다. 그런 녀석에게 나는 자꾸만, 자꾸만 눈길이 갔다.

　　푸르른 새싹이 돋는 봄,
　　연두의 계절에 만난 녀석

연두색과 많이 닮은 녀석은 자신만의 당당한 빛을 낼 줄 아는 아이였다. 그 아이를 보고 있노라면 본래의 회색 하늘이 상상의 푸른빛으로 변해져 갔다. 하루는 녀석을 보면서 곰곰이 생각했다.

너를 귀하게 여기는 이 마음은 혹여 너에 대한 설렘인가? 단지 너를 닮고 싶어 하는 걸까? 그것도 아니라면 어린 너를 보며, 어렸던 나를 그리워하는 걸까? 그새 또 눈이 마주친 녀석은 여전히 해맑게 웃는다. 연두색 해바라기 마냥 활짝 피어난다.

그래. 나는 그저 이렇게 귀한 연두색 해바라기가 시들지 않고 쑥쑥 클 수 있도록 열심히 물을 주고 정성껏 아껴주면 된다.

그래. 내가 잊어버리지 말아야 할 것은
누군가를 보살피는 것이 아니라 무언가를 가꾸는 것임을.

키우는 것이 아니라 일구는 것임을.

어리다고 결코 약하지 않음을
어른이라고 모든 것이 성숙되지 않음을.

가족 같은 것

세상에 태어나
가족 같은 걸 만든다는 것

직업일 수도 있고
사랑일 수도 있고
친구일 수도 있고
취미일 수도 있고

세상이 변해도
변함없을 가족이란

좋을 수도 있고
싫을 수도 있고
오답일 수도 있고
정답일 수도 있고

변함이 없다고
한평생 좋을 순 없지요

하지만 그것이

한평생 나를 지켜주지요

가족이란 한평생이다

각오하고 만드시길 바랍니다

견우와 직녀는 에어팟을 나눠끼고

칠석날, 견우와 직녀는 에어팟을 한쪽씩 나눠끼고
무슨 노래를 들었을까요?

남과 여　　　　　입맞춤　　　　두사람　　　　취향저격

그래도 너가 좋은 걸 어떡해　　　오늘같이 이런 창밖이 좋아

그대를 만나는 곳 100M 전　　　Main Title (The Notebook)

그대가 이렇게 내 맘에

사랑이 이런건가요

When I Dream

하늘을 달리다

사랑하는 우리

여름의 조각들

그대와 영원히

Going Home

EVERYTHING

그 밤 그 밤

여름밤의 꿈

오늘 같은 밤

오늘 밤은

같이 있자

활기차고 매력적인 그런 오후

전동 킥보드를 타고 농구게임을 하러 가고 싶은 그런,

한적한 와인바에서 삐노누아 한잔 짠 하고 싶은 그런,

그런 오후로구만 그려-

민
지
는
시
집
을
좋
아
해

나의 슬기로운 취미생활 중 하나 시집 읽기

제가 시집 몇 편 추천해 드릴게요

바다는
잘 있습니다

이병률 시집

꾸덕한 친구가 준 어쩌면 나의 첫 시집

아침 산책할 때 하나씩 하나씩 꺼내 읽어야지

#이병률시집

#바다는잘있습니다

몇 주 전 이병률 시인의 신작 시집이 나온다는 얘길 듣고
얼마나 기다렸는지 모른다
책 표지마저 내가 제일 좋아하는 노란색이라니!
아껴 읽으려고 했는데 오늘의 나의 밤이 꽤 긴 탓에
단번에 후루룩 보고 말았다
그래도 괜찮은 것이 시는 두고두고 읽고 또 읽어도
늘 새로운 맛이 난다
그 언젠가 코로나가 완전히 사라진 여유로운 주말 오후
테라스에서 커피를 마시며 다시 읽어보는 날을 상상해 본다
웃음 잃은 나날에 우리
잠시 쉬어가는 쉼표 하나쯤 잃어버리지 말기로 해요

#이병률시집
#이별이오늘만나자고한다

출근 전 잠시 들린 서점에서 만난 시집

류시화 시인이 엮은 마음챙김의 시

우당탕탕 쓸데없이 정신없고 마음 둘 곳 없는 나의 삶에

겨우 조그마한 쉼터가 생겼다

자칭 오늘이 첫 출근인데 나는 기분이 너무 좋아

시만 주구장창 읽는 금요일이다~!

아껴 읽어야지♬

#류시화엮음
#마음챙김의시

간만에 시집을 꺼내는 그런 날은
몹시도 생각이 많다거나
무언가가 무척 그립다거나
감정이 딱하도록 덤덤하다거나

#원태연시집
#넌가끔가다내생각을하지난가끔가다딴생각을해

짧은 점심시간, 폭신한 쿠션 같은 시집 읽기

#김옥림엮음
#위로와평안의시

불금이라 불처럼 걸었더니 꽤나 먼 거리에 있는 서점 앞이었어요

오랜만에 익숙한 코너에서 좋아하는 시집이랑 책 몇 권 데리고 왔
네요

그게 저의 소박한 불금이었어요

#나태주엮음
#시가사랑을데리고온다

올해도 어느덧 한 달도 채 남지 않은 시점

순간 마음에 들어오는 책을 뒤적거리며

한 해를 자꾸만 돌아보게 된다

좋았다 많이 벅찼고 무언가 넘치도록 가득했다

나의 새로운 삼삼의 삶은 또 얼마나 나를 놀래키고

행복을 줄지 벌써부터 진땀이 난다

내년에는 조금 더 진지하게 끄적이고

더 많은 시집을 읽고

나아가 나만의 우아함은 무엇인지 알아가고 싶다

한 번뿐인 인생 나의 행복을 챙기고

미소를 전하는 그런 삶이 되고 싶다

#주하림시집 #여름키코
#진은영시집 #나는오래된거리처럼너를사랑하고

겨울밤에 여름 냄새 물씬 풍기는 시집이랑

나의 포근한 초록색 새 이불 조합 어떠신가요

추운 겨울날 이불 속에 퐁당 빠져 시, night 할까요

#안희연시집
#여름언덕에서배운것

"누군가를 사랑하고 흠모한다는 것은 아름다운 마음이다. 사랑은 사람을 설레게 하고 열정을 갖게 만들며 살아가는 이유이기도 하다."

#김장미시집
#너와나의시간속으로

KBS 주말드라마 〈신사와 아가씨〉에서 우정출연으로 주인공의 후배 역할을 맡은 적이 있었다. '시인 김장미 작가' 이름이 있는 귀한 배역이었다.

나의 출판기념회에 멋진 주인공 친구들이 축하해주는 장면이었다.

한 장면을 찍는 건데 출판기념회라는 아주 큰 현수막이 걸려 있고 수많은 소품책에는 나의 배역 역할 이름이 적혀 있는 김장미 시집이 사람들 손에 들려 있었다. 이렇게 황홀한 배역이 있을까?

그날은 마치 내가 진짜 주인공이 된 기분이었다. 시집을 좋아하니까 나도 그 언젠간 시인이 되고 싶다는 막연한 꿈을 마음 한 편에다가 숨겨 놓았었는데 이렇게 간접적으로 경험을 해보니 기분이 참 몽롱하다. 12시 땡 하면 사라지는 한 장면의 드라마가 아닌 진짜, 진짜로 작가가 되고 싶다.

" 먼 친구 얌뱅이 "

안녕!

먼 친구 얌뱅이

얌뱅이는 어린 시절 늘 함께한
친한 친구를 연상케 하는 캐릭터입니다

나이가 들수록 나의 오랜 친한 친구는
점점 멀어져만 가고
결국엔 추억 속 너무 먼 친구가 되어버립니다

얌뱅이는 모두의 오랜 친한 친구입니다
친근하고 구수하면서 장난치고 싶고 까불거리는
얌체 굼뱅이 같은 내 친구

이제는 당신의 가까운 친구가 되어 드릴게요-

제 능력 중 하나가 바로,

힐링 덩어리를 제조할 수 있어요

Hakuna Matata

모든 걸 치유할 수 있는

에너지 붐비나예요

가진거라곤~

저에게는 특별한 능력이 하나 있어요
바로 감동이에요

감동은 사람이 가장 오랫동안
간직할 수 있는 기억이라고 합니다
저는 많은 사람들에게 감동의 동기부여를 선물해요

제가 선물한 감동의 동기부여로
사람들이 활력을 얻을 때 저는 정말 행복해요
살아있음을 느껴요

넘쳐나는
화이팅~

당신의
비타민이 되어

감동의
동기부여
뿜뿜 <3

노란색
에너지 뿜비나
뿡뿡!

사람의 인생은 외롭고 고달픈 길인 것을
응원을 하다 느끼게 되었어요

하지만 그보다 더 단단한 멘탈로
이 세상을 헤쳐 나가는 당신이 참 멋있습니다
그 멋진 힘이 수많은 사람들의 마음을 살려요

이 험한 세상 당신이 있어 다행이에요
당신의 감동을 오랫동안 간직하고
영원토록 응원할게요!

당신의 사랑
독차지할 거예요♡

짠
선물!

뒷동산에서 찾았어
다 잘 될 거야!

소원을 말해봐

너의 지니가 되어줄게

몸에서만 나오는 만병통치 행복 호르몬 5가지

엔돌핀　　　　　멜라토닌　　　　　다이돌핀

　　　세로토닌　　　　　　　　　　도파민

하하하 웃으면 엔돌핀이 뽕!
스트레스, 심장, 진통 효과에 좋아요

평안할 땐 세로토닌이 뽕!
긴장완화, 혈압에 효과가 좋아요

햇볕을 쬐면 멜라토닌이 뽕!
우울, 항암, 항노화, 항산화에 효과가 좋아요

두근두근 사랑을 하면 도파민이 뽕!
집중력, 의욕증진, 스트레스 조절에 좋아요

감동받으면 다이돌핀이 뽕뽕뽕!!
행복 호르몬 중 가장 탁월한 효과가 있어요

행복 호르몬을 기쁘게 다스려
우리 모두 건강해지기로 약속!

오늘도 많이 웃고
마음의 평안을 찾고
밖에 나가 햇볕을 쬐고

사랑과 감동을 많이 주고받으며
매일을 행복한 하루로 가득 채워볼까요?

오늘은 어떤 별들이
반짝반짝 빛나고 있을까요?

스스로에게 당근과 채찍을

얌뱅이는 할 수 있다!

기다리던 주말이 왔어요!

먼저
주말맞이
대청소 시작!

그리고

월요병

퇴치약

진심이 상실된 세상 속에서 우리는 마치 한 줄기의 빛
허나 빛도 시간이 닿으면 사라지는 법
스르르 사라지네 나의 노란 빛

삭막한 자들의 도시에서 서서히 흐려지는 옅은 노란 빛
나의 진심이여 사라지지 말어라
우리는 빛이 없어 길을 잃었네

빛보다 길잡이가 필요한 시대에서
적응을 위해 직업을 바꿀 고민을 하네
노란 빛으로 태어나 누런 빚을 짊어지고
그래도 살아가네
인간으로 변해가네

커피를 마시네 벌써 네 잔째 들이키고 있네
현재 월요일 오후 네시 반 주말까지 아직도 한참이네
쓴 것에 매료된 지 벌써 오래전이네
주중에 침몰된 지 아직 월요일이네

                                    - 주중 심리

투머치 생각러
얌뱅이

좋은 생각, 나쁜 생각, 고민, 아이디어, 하고 싶은 것들,
해야하는 것들, 인간관계, 돈, 일탈, 두려움,
온갖 걱정, 사랑, 버킷리스트...

얌뱅이는 생각이 많다

생각 과부하가 올 땐
멍 때리는 게 최고

멍-

YAMBANG's
SCENT-MON
BUDDIES

첫번째 친구
목성에서 온 머스크

두번째 친구
수성에서 온 씨벳담비

먹썽크
MUSK &
VETIVER

씨멀텐
CIVET CAT
& MUGUET

남녀노소 미친듯이 좋아하는
이 시대의 최고의 인싸

머스크와 베티버 향이 어우러져
사람들이 자석처럼 달라붙는다

담비라는 녀석을 매우 싫어하여
평상시 온순하다가도
담비를 만나면 굉장히 사나워진다

화려하면서 대담한
호기심 덩어리 시벳캣종 담비

현란한 말솜씨에 추진력이 좋고
뮤게의 매혹적인 향이 특징이다

귀여워 보이는 얼굴 이면에
상당히 위협적인 포식자가 숨어있으니
마주치면 조용히 피하는 게 상책

얼렁쿵쿵 센트몬 친구들

세번째 친구
토성에서 온 비버

네번째 친구
해왕성에서 온 향유고래

싸뚜르노
비버
BEAVER
& ROSE

넵트리쓰
AMBERGRIS
& LEMON

장미를 사랑하는 먹썽크의 절친

춤이면 춤, 노래면 노래,
엄청난 매력의 소유자로 플러팅이 심하다
겉멋만 가득해 보이지만
대화를 해보면 내공이 엄청난 친구

안 보이는 곳에서 여전히 플러팅 중이니
싸뚜르노에게 빠지는 건 금물!

바다 깊은 곳에 사는 향유고래

쉽게 만나기 어렵지만 의리가 강해
넵트리쓰와 친구가 되면 굉장히 든든하다

자신과 닮은 인연을
소중히 생각하는 넵트리쓰
레몬꼬리가 특징이며
속 깊은 아우라의 향을 품고 있다

얌뱅/

나는 더 이상 친구를 원하지 않아
제발 나에게 친구를 거론하지 마
친구라면 이제 지긋지긋해
네가 아무리 좋은 친구라고 해도
나는 너와 친구를 할 수 없어

싸뚜르노 비버/
얌뱅친구-!
친구라는 것은
마치 향수 같은 거라네

뿌리면 늘 너의 곁에 생생하게 머물지
어느새 친구는 은은한 잔향이 되어
더욱더 좋아지게 되고
그러다 오래된 시간을 만나면
영영 사라지고 마는데
그것은 너무도 자연스러운 현상이란다

그러니 아쉬워할 필요가 없어
다시 뿌리면 되니까!
가끔은 새로운 향수를 뿌려도 좋고
어쩔 땐 향수 없이 지내는 것도
너무도 좋을 거야

우정이란 눈에 보이지는 않지만
늘 내 곁에 머무는 향수처럼
언제나 너와 함께하지

그러니 친구란 것에
부정을 너무 많이 넣지 말게
맡기 싫은 향수가 되어버릴 테니

얌뱅/
뭐라고 그러는지 하나도 못 알아듣겠지만
그래 맞아
나는 친구에 대해 너무도 부정적이었어
무엇이 그토록 미웠을까
우리들의 지나간 향수는
그 자체만으로도 향기로웠는데 말야
나는 다시 시작하고 싶어
앞으로 친구란 것에
긍정만을 넣을 거야-!

바다에 온 걸 환영해!

우리가 친구된 기념으로
돈으로 살 수 없는 단 하나뿐인
최고로 멋진 선물을 준비했어-!

어때 황홀하지?

다 같이/
우와..

싸뚜르노/
멋지긴 한데 배만 있으면 언제든 볼 수 있잖아
이건 돈으로 살 수 있는 아주 흔한 선물이야

넵트리쓰/
친구와 우정은 돈으로 살 수가 없지
친구란 공짜도 아니고
돈으로 살 수도 없어
오로지 우정이 쌓여야만
서로를 친구라고 부를 수 있지

싸뚜르노/
하긴 맞는 말이네!
우정이 쌓인 친구와 함께
바다에서 보는 노을이라..
기분이 이상하구만

얌뱅/
빌어먹을.. 우리 진짜 친구가 되어버렸군

먹썽크/
헤헤

씨멀텐/
헬~로 다들 오랜만이여?

넵트리쓰/
왔어? 소개할게
최근에 친해진 씨멀텐이란 친구야
세계여행 중이래

먹썽크/
왓더 씨멀텐 네가 왜 여기서 나와?!

얌뱅/
하아 오랜만에 찾아온 평화에 불안불안하더라니

씨멀텐/
쫄지마 먹썽크 그동안 내가 미안했다!
세계 이곳저곳 돌아다녀 보니
너네같이 좋은 친구는 없더라고
진심으로 많이 보고 싶었어

먹썽크/
칫 됐어 나도 많이 미안했으니까
우리 퉁치고 다시 친구 하자!

싸뚜르노/
여러모로 해피엔딩이네

다 같이/
하하하하하

얌뺑/
하여간 눈에 보이지 않는 것들은
죄다 어려움투성이라니깐

넵트리쓰/
왜~~ 무성한 즐거움일 수도 있지

뒤는 절대 돌아보면 안 됩니다
과거란 늪에 빠지게 되면
다시 처음으로 돌아가게 되거든요

위도 올려다보면 안 됩니다
올려다보는 순간 욕망의 블랙홀이
당신을 외딴 별로 보내버릴 거예요

저를 따라오시죠

여기선 오로지 앞만 보세요
갈림길엔 신중하게 선택하시고
자신의 선택에 후회하지 마세요

지칠 땐 잠시 멈춰 쉬어가세요
시원한 물도 마시고 황홀한 경치도 구경하구요

함께하는 동행인과 행복하세요
목표 지점이 나올 때까지 둘이서, 영원히요

어렸을 적부터 깨작깨작 그림 그리는 걸 좋아했어요
그러다 탄생하게 된 내가 그린 첫 번째 캐릭터 "얌뱅이"

얌뱅이는 어릴 적 친구들이 지어준 소중한 저의 별명이었어요
그래서 그런지는 몰라도 얌뱅이를 그릴 때면
다시 동심으로 돌아가는 기분이 들어요

익어가는 과정 속에 살지만
피어날 봉오리를 그리면서
새로운 꿈이 자꾸만 생깁니다

멋지긴 하나 푸석한 어른들에게
모두의 어릴 적 친구 얌뱅이를 소개하고 싶어요
아직 피어날 봉오리가 있다는 희망을 선물하고 싶어요

현재 얌뱅이는 인스타툰으로 차곡차곡 성장하고 있습니다
@yambang_toon 에서 확인할 수 있어요

♡

영원한 여름

♡♡

두둠칫둠칫

조금 몬냉하고 마이 부족해도
완벽하지 않아서 그런 내가 좋아요
그리고 그런 사람이 좋아요

두둠칫둠칫

우리 같이 춤출래요?

나의 꿈은 "영원한 사랑!"

바쁜 와중에도 쉬는 시간 때마다

꿈에 대해 진지하게 생각해 보았어요

그동안 내가 생각했던 꿈은

성공(목적하는 바를 이룸)이었던 거 같아요

그래서 꿈이 참 다양하게 많았죠

이룬 꿈도 많고 이루지 못한 꿈도 수두룩이 쌓이며

나름 바쁘고 정신없는 삶을 살고 있었는데,

어느 누군가가 너의 꿈은 무엇인지

무심히 툭, 물어보고는 신기루처럼 사라졌어요

나는 당황한 나머지 너무도 가벼운 말로 꿈이 없다고 얼버무렸죠

그때 알았어요 꿈에 대해 잘못 생각하고 있었다는 걸요

나의 꿈은 뭘까

나는 분명하게 목적하는 바를 이루는 것에 환장하는 사람인데

이것은 꿈이 될 수가 없었어요. 유통기한이 있잖아요!

유통기한 없이 나를 평생 지탱해 줄 수 있는 꿈,

그것은 바로 '영원한 사랑'입니다
한 사람을 영원히 사랑하고 한 사람에게 영원히 사랑받는 것
사랑은 누구나 쉽게 할 수 있어도
'영원히'가 붙는 순간
엄청난 책임감이 따르게 되죠

그래서 힘이 필요했어요
그동안의 나의 꿈은
영원한 사랑을 지키기 위해 힘을 기르는 과정이었던 거 같아요

한 사람만을 사랑하고 사랑받는 공식
제가 알려드릴게요-

포티를 주면 씩스티를 받고
때론 써리만 받았다면
내가 세븐티를 채우고
그러다가 둘만 아는 피프티피프티를 찾게 되는
우리의 100을 유지하는 공식

사람들은 대게 이 공식을 밀당이라고 부르던데

틀렸어요

우리 그렇게 쉬운 단어 쓰지 말아요

결국은 모두 '영원한 사랑'의 결핍에서 헤어 나오지 못하잖아요

왜 헤어 나오지 못하는 줄 알아요~?

사실 이 '영원한 사랑' 속에는요…

그 어떤 고난과 역경에도 이겨낼 수 있는

엄청난 마력과 초능력을 품고 있거든요

'꿈은 달성이 아니라 매일 새로이 유지하는 것!'

이토록 소중한 나의 꿈을 위해

매일을 열심히 일을 하고 돈을 벌고

나를 사랑하고 나의 사람들과 친하게 지내며

행복한 하루를 마무리합니다

힘이 필요할 때 '영원한 사랑'을 들어보세요

#음악추천
#핑클 #영원한사랑
#외롭네요

영화리뷰 : 알라딘

알라딘의 라스트 위시, "내 소원은 널 자유롭게 하는 거야!"

요술램프 지니가 사람이 되는 순간,
밀려오는 알 수 없는 묘한 기분
어쩌면 우리 모두는 지니처럼 모든 것을 할 수 있는 존재이지만
정작 자신을 위해서는 아무것도 하지 못하고 있는 건 아닐까

나의 세 번째 소원도 "너와 내가 자유로워지는 것"

세상에서 가장 강할 필요 없잖아
평범하지만 우리는 모든 것을 가능케 할 수 있으니까
알고 보면 우리도 진흙 속에 숨은 보석이니까

#진흙 속에 숨은 보석들의 사랑이야기

태기산 차박여행

오랜 친구와 함께 1박 2일 차박여행을 가게 되었다

잔뜩 기대하고 태기산 정상에 도착했는데

멀리서만 보던 그 멋진 풍력발전소를 바로 위에서 바라보니

거대한 크기와 엄청난 바람 소리가...

겁쟁이들은 침을 꼴깍 삼키며 곧바로 내려왔다

아쉬움이 많이 남았던 태기산 차박여행

태기산 정상에서 하고 싶은 것들이 정말 많았는데…

책도 읽고 영화도 보고 노래도 부르고

밤에는 별구경도 하고 아침에는 일출을 보며 소원도 빌고…

어쩌면 다행일지도!

나중에 결혼하면 남편이랑 다시 가야지~!

어느 소확행 날에

　학원 가는 길에는 늘 맛있는 냄새로 날 유혹하는 분식집이 있다.
마음의 여유가 생길 때 꼭 한번 가봐야지 가봐야지 나와 약속하지만
지각할까 매번 촉박하고 바쁜 나는 그 약속을 절대 지킬 리 없었다.
드디어 오늘! 자투리 시간이 생겨 나의 소중한 벗들과 함께 소원성취!
역시 생각한 대로 아주 맛난 분식이었다.

　요즘 뚜벅이 생활을 하면서 작은 변화들 중에 가장 눈에 띄는 건
작지만 확실한 행복을 놓치지 않고 만끽하는 중이라는 것!

오늘 내가 좋아하는 비가 내렸고
비 오는 날이면 유재준의 피아노곡을 꼭 한 번은 들어야 하고
나의 선생님과 벗들과 즐거운 시간을 함께하고
서점에서 책을 사고
집에 가는 버스에서 생각을 끄적이고
마지막으로 내가 가장 좋아하는 장소에서 사진 한 장 추억을 저장하고

오늘도 그렇게 나의 확실한 행복으로 하루를 만족하며

내일도 이렇게 행복할 거라는 기대를 믿어 의심치 않으며

민지의 소확행 일기 끝!

영도; 영원한 꿈을 그리다

부산역에서 차를 타고 10분 남짓 가다 보면
이탈리아 친퀘테레 비스무리한 곳이 나와요

그곳에는 제법 멋들어진 시집을 파는
2층으로 된 아담한 카페가 있지요

나는 그곳 창가에 앉아
영도 바다를 바라보며 커피를 마셨어요

잠시 작고 소중한 꿈을 꿀래요-

Cinque Terre
이탈리아 북서부의 리구리아 주에 위치하는 라 스페치아 지방의 절벽으로 연결된 다
섯 개 해변 마을

"아주 먼 훗날 인생의 황혼이 찾아올 때

나는 내 사랑하는 이와 이곳 영도로 내려와

둘이서 자그마한 카페를 지을 거예요

이곳에는 당신이 지금 읽고 있는

'자유시간_끄적끄적' 책도 팔구요

도란도란 이야기를 나누며

바다 맛 아이스커피도 마실 수 있어요 :-)"

이토록 작고 소중한 꿈이

서울로 돌아가도 늘 깨어 있었으면 좋겠어요

매일 반짝반짝 빛나는 영도의 바다처럼

영원히 내 옆에 있었으면 좋겠어요

산며들었다

나는 왜 그렇게 산이 좋다 말하는가?

내가 산며든 이야기다.

나는 산을 싫어했다. 이유는 단순했다. 산을 오르면 힘이 드니까.
내 나이 스물여섯 살, 억지로 아버지 따라서 히말라야 트래킹을 가기
로 결정했을 때 가기 전날까지 울었다. 정말 가기 싫어서…

그 당시 나는 굉장히 초조하고 욕심이 가득한 사람이었다. 하루 한
시간이 아까워 죽겠는데 9박 10일 해외에서 그것도 산속에서 먹고
자고 걸어야 한다니 끔찍했다.

그래도 히말라야까지 왔는데 생각 정리도 좀 하고, 마냥 걷다 보면
인생의 해답이 나오려나 투덜대며 산행을 하는 중이었다. 그런 나를
보며 대장님이 크게 꾸짖었다.

"등산을 하면서 무슨 생각을 그리하느냐, 산을 오를 때 아무 생각
하지 말고 한 걸음, 한 걸음 잘 디디면서 이 아름답고 고귀한 자연을
느껴야 하는 거야. 그리고 계속 걷다 보면 알겠다만 힘들어 죽을 거
같아서 아무 생각 안 하게 될 거다."

말씀을 마치시고는 다시 슉- 나를 앞질러 어느새 맨 앞으로 사라졌
다. 실제로 하염없이 걷다 보니 너무 힘들어서 생각 자체를 할 수가

없었고 살아서 돌아가야 한다는 말만 거친 숨과 함께 내뱉으며 걷고 또 걷고, 계속 걷기만을 반복하였다.

정말 힘들었던 트래킹 여정에 익숙해질수록 히말라야는 나에게 있어 아주 특별한 곳이 되어가고 있었다. 히말라야 트래킹을 하다 보면 고산지대에 있는 작은 마을들을 마주친다. 마을에는 여관도 있고 카페와 음식점도 있는데 그 풍경은 너무 새로워서 마치 다른 별에 놀러 온 기분이 들었다. 웅장한 산속에 있는 평온한 마을을 상상해 보라. 히말라야에 오면 살아있는 전시회를 온종일 관람할 수 있을 것이다. 그렇게 마을을 지나치고 한 아이를 마주쳤다. 아이는 몇 시간이나 걸려 하교를 하는 중이었는데 덜렁 잠바 하나에 슬리퍼를 신고 있었고, 나는 주렁주렁 등산용품으로 완전히 무장한 상태였다. 아이는 콧물을 스윽 닦으며 잠시 나를 위아래로 쳐다보았다. 그때의 장면은 7년이 지나도 여전히 생생하다. 알 수 없는 패배의 감정을 어찌 쉽게 잊겠는가. 그 후부터였던 것 같다. 나는 바삐 흘러가는 대한민국에서 살기 때문에 욕심이 가득한 모습을 띠며 늘 초조하고 시간에 쫓기는 게 당연했던 거다. 분명 좋은 부분도 있지만 놓치고 있는 부분도 많다는 걸 아이를 보고 깨달았다. 그때의 나는 부족한 마음의 여유와 어색한 대자연 때문에 아이에게 졌던 것이다.

"유리병 속 벼룩" 실험 이야기가 있다.

벼룩은 자기 몸 크기의 수십 배나 되는 높이까지 뛰어오를 수 있는 엄청난 점프력을 가지고 있지만, 유리병 속에 담고 뚜껑을 닫아놓은 후 며칠 뒤 뚜껑을 열면 바보같이 딱 유리병 높이까지만 뛴다고 한다. 뛸수록 자꾸만 뚜껑에 부딪치니 자신의 한계를 깨닫고 딱 거기까지만 뛰어오르게 되어버린 것이다.

히말라야는 나의 인생에 뚜껑이란 한계를 벗어던지고 내가 원하는 만큼 엄청난 점프를 할 수 있다는 것을 깨닫게 해준 매우 귀중한 여행이 되었다. 히말라야 트래킹 여행 이후, 나의 삶의 큰 변화가 찾아오게 되면서 산이라는 것에 서서히 스며들었다. 산의 매력에 완전히 빠져버렸다.

일상으로 돌아가면 틈나는 대로 산행을 하리라 다짐을 했건만 시간은 자연히 나의 다짐을 치유하였고 7년이 지난 지금 당연히 산을 자주 가지 않는다. 평범한 일상 속에서 나는 여전히 생각도 많고 초조하며 누구 못지 않게 열심히 살아가는 중이기 때문에 편히 산을 올라갈 시간도 없을뿐더러 마음의 여유를 돌보기조차 어렵다. 하지만 전과는 확실히 다른 점이 있다.

'아 오랜만에 등산 가서 스트레스 해소하고 싶다-!'

짧게나마 산을 생각하면 희망이 생긴다는 점이다. 이제는 등산을 가고 싶다는 마음만 품어도 짧은 힐링이 된다.

.

.

.

방구석에 너무 오랫동안 숨어 지냈나 보다.

안 되겠다. 빠른 시일 내에 서둘러 산머들어야지…

몰입

제일 좋아하는 단어가 있으신지요-

저는 '몰입'이라는 단어를 참 좋아합니다. 저는 지금까지 몰입을 당하는 삶을 살았습니다. 어렸을 때부터 성악을 전공하였기 때문에 무대에 자주 올라갔었거든요. 오로지 나에게만 몰입하는 관중들 앞에서 저는 늘 빛나고 완벽한 모습만을 보여주어야 했습니다. 그렇지 않으면 관중들은 다른 주인공에게로 눈을 돌리고 마니까요. 그렇게 저는 몰입의 대명사가 되었고 나아가 제일 빛나고 싶은 욕심쟁이로 크고 말았습니다.

승리에 대한 갈증의 절정인 요즘, 저에게 당신이 찾아왔습니다. 분명 같은 몰입을 하는 것 같은데 한 명 한 명의 몰입이 모여 큰 꿈을 만들어 가는 모습이 저와는 사뭇 달라 보이네요. 당신을 보며 혼자 이기는 것보다 골인 지점까지 함께 달려가는 몰입을 배웁니다. 앞으로는 승패의 결과보다 격려의 박수, 환호의 박수가 좋아 무대에 올랐었던 때를 잊지 않고 행복한 인생을 향해 힘차게 달려가려 합니다. 저에게 새로운 몰입을 알려준 여러분께 진심으로 감사드립니다.

세상 모든 음악가에게 보내는 러브레터

저는요 음악을 사랑하는 민지입니다

음악이 잘못이 있나요

당신이 "음~예아"하면

나는 "꺄아~악" 답하는 게 음악이라 상상해요

쌍방 과실로 태어난 게 음악이니

이 아이는 잘못이 없어요

그러니 더 많은 음악,

당신만이 들려줄 수 있는 음악,

마음껏 선보여주세요

세상 모든 민지는 어디선가 열심히 듣고 있어요

모든 음악 안에는 수많은 영감이 꿈틀거리고 있거든요

그 영감은 날 지켜주고 웃게 해주고

성찰하게 하고 숨 쉬게 해주니까요 :-)

뿌리 깊은 포도나무

프랑스 여행을 갔을 때의 이야기다.

한국에서 온 우리들은 와인 대학에서 와인 수업을 받았다. 그때 만난 선생님은 '뿌리 깊은 포도나무'에 대해 이야기를 해주었다.

"포도나무는 뿌리가 아주 깊게 자라는 나무입니다. 저 깊은 토양의 영양분을 찾아 오랜 시간을 척박한 땅에서 자신을 굳건히 지키고 견디며 뿌리를 내려야 모두가 탐을 내는 훌륭한 와인을 탄생시키지요."

선생님은 겉모습도 중요하지만 내면의 뿌리가 깊은 포도나무 같은 사람이 되어 우리 모두가 최고의 와인을 만들어 냈으면 좋겠다며 이야기를 마무리했다.

평범한 얼굴에 꾸밈이 없는 그녀의 첫인상과는 달리 이야기를 마무리하는 선생님이 진정으로 뿌리가 깊은 나무처럼 느껴졌다. 오랜만에 느껴본 닮고 싶은 사람이라 생각했다.

오늘은 무슨 바람이 불어서 그때 느낀 뿌리 깊은 포도나무에 대해 좀 더 깊게 공부하고 싶어졌다.

* 최고의 와인을 얻으려면 뿌리가 깊은 포도나무가 되어야 하는데 그게 참 쉽지 않다는 거다.

* 너무 많은 물과 영양분을 주면 포도나무는 신나게 쭉쭉 몸집만 키우려고 하고 뿌리는 깊게 내려가지 않으며 그 근처에서 안주하다 보니 정성을 다해 맛있는 포도를 만들려고 하지 않는다.

* 그래서 척박한 땅에서 훌륭한 열매를 맺는다.

** 떼루아(포도를 생산하는 데 영향을 주는 토양 기후 따위의 조건을 통틀어 이르는 말)가 중요하다.

* 포도나무를 다닥다닥 심어 서로 영양분을 놓고 경쟁하게 만들어 뿌리가 아래로 향하게 해야 하며

* 계속 자라는 가지들을 솎아내 열매에만 영양분이 가도록 집중시켜야 비로소 최고의 와인이 탄생한다.

공부를 마치며 나는 문득 한 사람이 떠올랐다.

그 사람도 선생님처럼 뿌리 깊은 나무의 모습을 띄고 있다. 그래서 마음이 계속 머물렀는지도 모르겠다. 나는 늘 부산스럽고 다양한 일들로 인해 오랫동안 집중을 못 하기에 하나에 몰입하고 빠져드는 그 사람이 내 입장에서는 참 신기하고, 닮고 싶고, 정말 멋지게 느껴진다. 그러면서 나는 조금 씁쓸했다. 나도 뿌리가 깊은 사람이 되고 싶은데 나의 환경은 나를 온실 속 화초로 만든다. 나에게 주어진 안락한 환경을 이겨낼 자신이 없다. 이겨내고 싶다. 이겨낼 수 있을까?

발상의 전환을 해보자

"나는 뿌리 깊은 나무가 아니라 떼루아였던 거야! 뿌리 깊은 나무의 좋은 영양분이 되고 뿌리를 잘 내릴 수 있도록 지켜주는 멋진 떼루아! 나의 번잡스럽고 멜랑꼴리한 달란트로 세상의 하나뿐인 최고의 떼루아가 돼야겠다!!"

흥분한 민지의 그렇고 그런 일기 끝

민지가 생각하는 가족이란?

"화목"이란 목표를 향해 다 같이 "노력"하는 것!

여러분이 생각하는 가족은 무엇인가요?

따듯한 집

사람들이 요즘 가장 원하는 것은 무엇일까 진지하게 고민을 하다 보면 모두의 답은 하나였다.

"따듯한 집"이었다.

누구는 엄마였고, 누구는 아빠였고, 남매 혹은 형제자매, 그리고 자식이었다. 간혹 돈일 수도 있고 짝일 수도 있다.

사람들이 따듯한 집에서만 나오는 평온한 모습을 띨 때 우리가 되고 머문 곳이 기쁨이 될 때 나는 행복함을 느낀다. 사람들의 진실한 웃음을 포기할 수가 없어 나는 사람이길 포기하고 집이 되어갔다. 어느덧 아기 돼지 삼 형제의 막내 벽돌집처럼 아주 튼튼한 집이 되어버렸다.

"따듯한 집"이란 굉장히 심오하고 진지한 일이다.

적이 겁탈하지 않도록 적당히 가려져야 하고, 항상 따듯한 온기가 가득해야 하며, 중간중간 시원한 바람으로 통풍시켜 줘야 하고, 위로가 필요한 손님에게 밥 한 끼 나눠주기도 하고, 가장 힘들 때 제일 먼저 생각나는 곳이어야 하며, 반성과 성찰에 집중할 수 있는 곳이어야 하고, 구성원들 모두가 협의한 법이 생성되는 곳이며, 깨끗하고 먹을 것이 풍성해야 하고, 찬양처럼 부드러운 음악이 흐르고, 때론 텅 빈 곳이기도 해야 하며, 숨길 곳이어야 함 동시에 숨기면 안 되는 곳이어야 하고, 아무나 들어오지 못하게 보안되어야 하고, 집안 구성원들이 누구 하나 소외되지 않아야 하며, 한 사람만이 집중되지 않아야 하고, 즐겁고 행복한 이야기를 나누고, 흥미롭고 재미있는 아이디어가 샘솟고, 가장 편하고 무장해제되는 곳, 이 모든 것이 또한 다 적지 못한 모든 것이 순환되어야 하는 일.

하지만 요즘은 집을 지키는 일보다 바깥에서 일을 잘해야 더 멋진 것이라고 여겨지고 있다. 두 분야가 엄연히 달라 비교하면 안 되는데 우리는 열심히 경쟁을 하며 싸우고 있다.

모두의 결핍, "따뜻한 집"

'집'과 "바깥" 중에 틀린 게 없다. 엄연히 다를 뿐이다!
두 분야가 어우러지고 친해져야 우리 모두는 진실한 행복을 가질 수 있다.

스마트폰이 없는 하루

싱거운 하루가 예상되겠지만
나는 굉장히 뿌듯했어요

무언가가 맑아져요
알게 모르게요

가끔은
쓸데없는 행동을 해도 되겠어요

그치만
알람 없이,
시계 없이,
음악 없이는 이제
하루를 보내기 쉽지 않아요

당신 없이는 이제
나의 하루가 움직이질 않네요

라벤더 꽃의 전설

혹시 라벤더 꽃의 전설을 아시나요?

아주 먼 옛날 어느 공주님이 어느 왕자님을 좋아해서 고백을 했는데요, 왕자님은 아무 말 없이 빙그레 웃기만 했대요. 며칠 뒤 왕자님은 전쟁에 나가게 되었고 공주님은 왕자님이 무사히 돌아오기를 지극정성으로 기도하며 하염없이 기다렸죠.

하지만 왕자님은 돌아오지 않았고 후에 알게 되었는데 왕자님은 말을 할 수 없는 마법에 걸렸었기 때문에 그저 웃기만 한 거였대요. 말은 못 했지만 왕자님도 공주님을 아주 많이 좋아했어요. 공주님은 너무 슬퍼 그곳에서 눈을 감았고 그 자리에는 라벤더 꽃이 피게 되었답니다.

― 라벤더 꽃의 가슴 아픈 사연에 영감을 받아 각색을 한번 해 보았어요.

내가 만약 라벤더 공주였다면 저는 가만히 기다리지만은 않을 거예요. 뮬란처럼 남장을 하고 전쟁터에 나가 나의 왕자님 몰래 오른팔이 되어 영리한 두뇌로 도움을 주고 빠르게 전쟁을 이기고 같이 집으로 돌아오는 거예요. 그리곤 마법이 풀리도록 왕자님께 키갈을 하는 거죠-!

"자, 다음은 왕자님 차례예요. 한 말씀 해 보시죠?"
험난한 전쟁에 승리하고 돌아온 왕자와 공주
드디어 왕자님이 말을 하기 시작했어요

"공주, 고맙소 당신 덕분에 승리도 하고 살아서 돌아왔소.
당신을 많이 사랑합... 헙"

말이 채 끝나기도 전에 성급한 공주는 키스를 갈겼다.
THE END-

제목은 **"루멜라 꽃의 전설"**
사랑에 뭔 말이 필요한가요
여러분! 그 어떤 고난과 역경 다 이겨내고 열심히 사랑합시다!

해피엔딩이 최고여!

사랑의 목적

세상에는 정말 다양한 사랑이 존재합니다
사랑의 목적이 정말이지 단 하나였으면 좋겠습니다
"오직 서로만을 진심으로 응원하는 것."
사랑에 아무것도 첨가하지 않고
순수하게 응원하는 사랑 말입니다
이보다 더 남다르고 특별한 사랑이 있을까요?

여러분, 당신의 소중한 그대만을 위해
평생토록 응원하고 영원히 사랑합시다!

나를 시인이라고 불러 줄래요?

실은 제가 거짓말쟁이거든요

제 안에는 어둠투성이예요

진실을 말하려면

고도의 집중력이 필요해요

조금만 느슨해졌다간

금세 툭,

허풍이 튀어나오거든요

다분히 허술하지만

부끄럽게도 제 소원은 정직해지는 거예요

어둠을 가리고 빛이 되고 싶어요

글 하나로 다시 태어나도 될까요?

나의 어둠은 글 속에 숨기고

꾸며낸 빛은 글 위에 화려하게 밝힐게요

당신은 나의 글을 읽고

나를 시인이라고 불러 줄래요?

가진 것 하나 없는 거짓말쟁이도

당신이 나를 시인이라고 불러준다면

더 이상 소원 하나 없는

진주 박힌 왕관을 쓰고

덩실덩실 춤을 추며 노래를 부를 거예요

"나는 더 이상 거짓말쟁이가 아니에요

글 하나로 정직한 사람이 되었어요

사랑해요~

좋아해요~

나는 더 이상 어둠이 아니에요

당신 하나로 눈부신 빛이 되었어요

고마워요~

진심으로요- "

닫는

글

<나의 미래 남편에게>

안녕 남편-

도대체 어디에 꽁꽁 숨어있다가

왜 이제서야 나타난거죠…

엄청 보고 싶었다구요!

지금 읽고 있는 자유시간_끄적끄적 책은요

당신을 하염없이 기다리다가 심심해서

그동안 나의 오춘기 시절을 주섬주섬 담아보았어요

33년 동안 저는요, 아팠던 추운 겨울도 있었고

쓸쓸한 가을과 외로운 봄도 있었어요

당신이라는 희망을 품고 산 꿈만 같은 챕터를 지나

최종 목적지인 영원한 사랑을 소망하는 따뜻한 여름까지,,

단 한 권에 꽉 채워봤어요

대체로 잊어버리고 싶은 글들이 많아요

당신을 만나면 자연히 사라질 기억들이죠:-)

먼 훗날 둘이서 꽁냥꽁냥 이 책을 읽을 때면

기억은 가물가물해도 함께 므흣한 미소를 짓고 있겠죠?

나의 어린 멜랑꼴리가 너무 귀여울 테니까요

단 한 사람,

오직 당신만을 위해 쓴 나의 오랜 자유시간은 여기까지.

우리가 함께 만들어갈 책은 이제 1page, 찐 시작입니다!

각오 단단히 했죠? 잘 따라오십쇼

나로 말할 것 같으면

지구상 단 하나뿐인 울트라캡숑 나침판 같은 여자!

당신은 세상에서 가장 행복한 행운의 남자♥

님 배우자 복 좀 있으시네요? ^^*

미리 사랑해요♡♥

-당신의 미래 아내 올림

자유시간_끄적끄적

ⓒ LUMELA, 2024

초판 1쇄 발행 2024년 5월 10일

지은이   LUMELA
펴낸이   이기봉
편집   이민지 · 김수지
펴낸곳   도서출판 좋은땅
주소   서울특별시 마포구 양화로12길 26 지월드빌딩 (서교동 395-7)
전화   02)374-8616~7
팩스   02)374-8614
이메일   gworldbook@naver.com
홈페이지 www.g-world.co.kr

ISBN   979-11-388-3149-9 (03810)